Paul Maar
Neben mir ist noch Platz

Paul Maar wurde 1937 in Schweinfurt geboren. Nach einem Studium der Malerei und Kunstgeschichte in Stuttgart war er zunächst freier Maler, dann Kunsterzieher. Der Geschichtenerzähler, Erfinder von Versen, Rätseln, Wort- und Buchstabenspielen zählt zu den bekanntesten deutschen Kinderbuchautoren, seine Bücher erhielten viele Auszeichnungen, u. a. den Deutschen Jugendliteraturpreis für sein Gesamtwerk, den Friedrich-Rückert-Preis und den E.-T.-A.-Hoffmann-Preis.

Verena Ballhaus studierte an der Kunstakademie in München Malerei und Kunsterziehung. Sie lebt als freie Illustratorin in München. Sie hat zahlreiche Bilder- und Kinderbücher gestaltet, gleich für ihren ersten Band ›Papa wohnt jetzt in der Heinrichstraße‹ (Text: Nele Maar) erhielt sie den Deutschen Jugendliteraturpreis.

Paul Maar

Neben mir ist noch Platz

Mit neuen Illustrationen von Verena Ballhaus

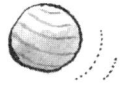

dtv

Die Originalausgabe des vorliegenden Bandes erschien bei
modus vivendi, Lohr a. M.

Der vorliegende Text ist eine vom Autor überarbeitete Neuausgabe.

Zu diesem Band gibt es ein Unterrichtsmodell unter
www.dtv.de/Lehrer zum kostenlosen Download.

Für die Taschenbuchausgabe neu illustriert
Überarbeitete Neuausgabe 2016
8. Auflage 2025
1996 dtv Verlagsgesellschaft mbH & Co. KG, München
© für den Text: Atlantis im Orell Füssli Verlag AG, Zürich
© für die Illustrationen:
dtv Verlagsgesellschaft mbH & Co. KG
Tumblingerstraße 21, 80337 München
produktsicherheit@dtv.de
Umschlagbild: Verena Ballhaus
Gesetzt aus der Times 13,5/16˙
Gesamtherstellung: Druckerei C.H.Beck, Nördlingen
Printed in Germany · ISBN 978-3-423-71700-7

Steffi und Aischa sind Freundinnen.
»Du seist meine beste Freundin«, sagt Aischa zu Steffi.
»Du bist meine beste Freundin«, verbessert Steffi sie. Aischa hat zwar sehr schnell Deutsch gelernt, aber Fehler macht sie immer noch.
»Wirklich? Sehr schön. Ich freue«, sagt Aischa. Sie hat nicht gemerkt, dass Steffi sie nur verbessern wollte. »Du bist meine einzige«, sagt sie und legt ihren Arm um Steffis Schultern. »Meine beste und einzige Freundin.«
Das ist bei Steffi anders. Sie hat viele Freunde und noch mehr Freundinnen, aber keine beste.
Mal geht sie mit Lisa schwimmen, mal spielt sie mit Chris im Hof Federball, mit Carla übt sie für den Flötenunterricht und mit Sophia geht sie immer ins Eiscafé Venezia. Das gehört nämlich Sophias Onkel Giovanni. Sophia darf dort umsonst Eis essen und Steffi bekommt für nur einen Euro drei Eiskugeln. Weil sie Sophias Freundin ist.
Mit Aischa geht Steffi morgens in die Schule und mittags von der Schule nach Hause.

Aischa wohnt in Steffis Straße. Nicht in einem Einfamilienhaus wie Steffi und ihre Eltern. Sie lebt in dem alten Haus, das früher ein Gasthof war und in dem jetzt die Leute wohnen, die aus dem Ausland kommen wie Aischa und die darauf warten, dass sie hier leben dürfen. Früher ist Steffi mit Marie-Luise und Rico von der Schule nach Hause gegangen. Damals hat Aischa auch schon in Steffis Straße gewohnt. Aber die drei haben sie kaum beachtet, wenn sie hinter ihnen herging.

Na ja, damals war Aischa auch noch ganz neu in der Klasse und sprach kaum Deutsch. Aber nach der Sache mit der Turnhalle wurde das anders.

Vor drei Wochen war Steffi nämlich im Umkleideraum eingeschlossen und keiner hat es gemerkt, nur Aischa.

Nach der Turnstunde hatte Steffi wieder mal sehr lange gebraucht mit dem Umziehen, die anderen waren längst fertig. Und dann musste sie auch noch aufs Klo.

Frau Wegemann, die Lehrerin, hatte wohl geglaubt, dass alle draußen seien, hatte den Umkleideraum abgeschlossen und war nach Hause gefahren.

Marie-Luise und Rico hatten nichts davon mitgekriegt. Die hatten gar nicht auf Steffi gewartet. Sie hatten wohl gedacht, Steffi wäre heute mal allein gegangen. Oder es war ihnen einfach egal.

Nur Aischa hatte gemerkt, dass Steffi noch fehlte, war zur Turnhalle zurückgegangen und hatte gehört, wie Steffi gegen die verschlossene Tür hämmerte.

Sie war gleich zur Frau des Hausmeisters gerannt und hatte Bescheid gesagt.

Herr Midlowsky, der Hausmeister, hatte Steffi dann
befreit.

An diesem Tag ist Steffi zum ersten Mal zusammen
mit Aischa von der Schule nach Hause gegangen.

Am nächsten Tag hat sie zu Marie-Luise und Rico gesagt: »Habt ihr was dagegen, wenn wir zu viert gehn? Aischa kann doch mit uns kommen, ja?«

Marie-Luise hat ganz hochnäsig getan und geantwortet: »Die passt aber nicht in unsere Clique!«

»Ich hab schon immer geahnt, dass du doof bist«, hat Steffi gesagt. »Aber dass du so doof bist, hab ich noch nicht gewusst. – Komm, Aischa, dann gehen eben wir zwei zusammen!« »Dann geh ich ab jetzt mit Rico allein«, hat Marie-Luise gesagt. »Komm, Rico!«

Rico hat noch einen Augenblick dagestanden und nicht recht gewusst, was er tun soll. Dann ist er hinter Marie-Luise hergerannt. Schließlich ist er ja in sie verknallt.

Meistens bleiben Steffi und Aischa nach der Schule noch ein bisschen vor Aischas Haustür stehen und reden. Dienstags und freitags, wenn der Unterricht schon um halb zwölf vorbei ist, spielen sie noch im Hof bei Aischa Gummihüpfen oder Himmel und Erde. Manchmal erzählt Steffi auch, was gestern Spannendes im Fernsehen kam, und dann spielen sie es nach.

Aischas Mutter guckt ab und zu aus dem Fenster. Wenn es Zeit fürs Mittagessen ist, ruft sie Aischa nach oben, winkt Steffi zu und sagt etwas in einer Sprache, die Steffi nicht versteht.

»Aus welchem Land kommt eigentlich Aischa, mit der du in die Schule gehst?«, fragt Mama.

»Es heißt so ähnlich wie ›Luftballon‹«, sagt Steffi.

»Ein Land ›Luftballon‹ gibt's höchstens im Märchen«, sagt Mama. »Am besten, du lädst sie mal zu uns ein, dann frag ich sie einfach.«

Als sie am nächsten Tag mit Aischa von der Schule nach Hause geht, fragt Steffi selbst. »Wir kommen aus dem Libanon«, antwortet Aischa. »Aber eigentlich aus Syrien. Im Libanon haben wir dann in einem Zelt gewohnt.«

»Syrien? Das klingt, als wär's höchstens eine Stadt«, sagt Steffi. »Am besten finde ich Länder, die

hinten im Namen ein ›land‹ haben wie Deutschland, Holland oder England. Da hört man gleich, dass es ein Land ist.«

»Syrien ist sogar großes Land«, sagt Aischa. »Ein schönes Land.«

»Aber nicht so schön wie Deutschland!«, sagt Steffi.

»Viel schöner!«, behauptet Aischa.

»Schöner als Deutschland?« Steffi ist beleidigt. »Warum seid ihr denn dann weggegangen, wenn es dort so schön ist?«

Aischa senkt den Kopf und antwortet nicht.

»Sag doch!«, drängt Steffi. »Oder weißt du keine Antwort!?«

»Weil dort Kampf ist«, sagt Aischa.

»Du meinst Krieg«, verbessert Steffi.

»Meinen Onkel Ghazi haben sie erschossen«, sagt Aischa. »Und Papa wollten sie auch abholen. Er hat sich versteckt und wir sind schnell weg.«

»Erschossen?«, fragt Steffi. »Da wäre ich aber auch schnell weg. Und du sagst, es wäre ein schönes Land!«

»Ist auch schön«, sagt Aischa. »Ist viel wärmer als hier. Manchmal im Sommer ist es so heiß, da schläft die ganze Familie auf dem Dach.«

Steffi lacht. »Das glaubst du ja selber nicht!«, sagt sie. »Du lügst mich an – oder?«

»Mach ich nicht«, sagt Aischa. »Die Dächer sind bei uns anders als hier. Da oben kann man gehen, essen, Wäsche aufhängen und spielen …«

Steffi guckt Aischa an: Die schaut ganz ernst. So sagt Steffi nur: »Auf unserem Dach darf ich jedenfalls nicht spielen. Du kannst dir's ja mal angucken. Am Sonntagnachmittag.«

»Warum Sonntag?«, fragt Aischa. »Kann man euer Dach nur am Sonntag sehn?«

»Nein. Es ist, weil du doch am Sonntag bei uns eingeladen bist!«

Am Sonntagnachmittag klingelt es bei Steffis Eltern an der Haustür. Steffi macht auf. Aischa steht draußen, neben ihr ein fremder Junge.

»Hallo, Aischa«, sagt Steffi. Sie deutet auf den Jungen:»Wer ist das? Gehört der zu dir?«

»Das ist Jussuf«, sagt Aischa.»Er hat mitgekommen.«

»Du meinst, er hat dich herbegleitet«, verbessert Steffi.»Komm doch rein, Aischa!«

Jussuf geht ganz selbstverständlich hinter den beiden Mädchen her ins Haus.

Steffi denkt: ›Warum kommt er einfach mit rein? Er ist doch gar nicht eingeladen!‹

Sie ist ein bisschen ärgerlich. Am liebsten würde sie ihn wieder wegschicken. Er ist bestimmt zwei Jahre älter als sie und Aischa. Soll sie etwa den ganzen Nachmittag mit diesem Jussuf spielen?

Da kommt Steffis Vater dazu. Er schüttelt Aischa die Hand und sagt:»Das ist also Aischa, die Freundin von unserer Steffi. Und wer ist der junge Mann?«

»Das ist mein Bruder Jussuf«, sagt Aischa. Steffi hofft, dass Papa den großen Jungen wieder wegschickt. Aber er schüttelt auch ihm die Hand und sagt:»Guten Tag, Jussuf, komm nur rein!«

Zuerst zeigt Steffi ihrer Freundin das Kinderzimmer. Jussuf geht mit den beiden Mädchen nach oben, bleibt verlegen in der Tür stehen und guckt zu.

Aischa sitzt neben Steffi und staunt. »So viele Sachen!«, sagt sie. »So viele, viele Sachen.

Das gehört alles dir? Du hast ein Bett für dich allein und du hast sogar Schreibtisch!«

»Natürlich«, sagt Steffi. »Wo soll man denn sonst seine Hausaufgaben machen?«

»Na, am Küchentisch«, sagt Aischa.

»Und was meinst du mit Bett für mich allein?«, fragt Steffi. »Das versteh ich nicht.«

»Bei mir schläft kleine Schwester Fatima mit im Bett«, sagt Aischa. »Wir haben nicht so viel Platz.«

»Kann man denn da schlafen, mit noch jemandem in seinem Bett?«, fragt Steffi.

»Ja, kann man«, sagt Aischa. »Ist manchmal schön. Wir können Geschichten erzählen vor dem Einschlafen und Witze machen.«

Später grillt Steffis Vater für alle draußen im
Garten.
   Papa legt auf jeden Teller zwei gegrillte Würst-
chen, eine Grilltomate und eine Scheibe Brot.

Als Aischa in ihr Würstchen beißen will, sagt
Jussuf etwas in seiner fremden Sprache.

Aischa legt das Würstchen wieder zurück und isst
nur die Grilltomate. Ihr Bruder macht es genauso.

Später, als die beiden wieder gegangen sind, sagt Papa ein bisschen ärgerlich: »Deine Freunde scheinen ja ziemlich verwöhnt zu sein. Die Würste haben ihnen wohl nicht geschmeckt? Nicht einen Bissen haben sie gegessen.«

Mama sagt: »Ich glaube, wir hätten keine Schweinsbratwürste grillen sollen. Soviel ich weiß, dürfen sie doch kein Schweinefleisch essen.«

»Du hast recht. Daran hab ich nicht gedacht«, sagt Papa. »Aber an ihrem Brot haben sie auch nur ein bisschen geknabbert. Und das war ja nun wirklich nicht aus Schweinefleisch.«

»Das war ihnen bestimmt zu dunkel«, sagt Steffi. »Aischa bringt immer nur so ein ganz dünnes weißes Brot mit für die Pause.«

»Mag sein«, sagt Papa. »Aber ein bisschen verwöhnt sind sie wohl schon.«

Am Sonntag darauf ist Steffi bei Aischas Familie eingeladen.

Als sie dort ankommt, stellt Aischa ihr erst mal die ganze Familie vor: »Das ist mein Vater, meine Mutter, die kennst du schon, meine Oma, das ist Jussuf …«

»Jaja, den kenn ich auch schon«, sagt Steffi und gibt ihm zögernd die Hand.

»Das ist kleine Schwester Fatima und große Schwester Leila«, sagt Aischa. »Jetzt kennst du alle.«

»Seid ihr aber viele!«, sagt Steffi. »Gut, dass ihr so einen großen Tisch habt. Unserer ist viel kleiner. Wir sind ja auch nur drei.«

Wenn Steffi sich jetzt vorstellt, dass sich die große Familie an den großen Küchentisch setzt und anfängt zu essen, hat sie sich getäuscht.

Denn erst mal machen sich alle auf den Weg.
»Wir essen draußen«, sagt Aischa als Erklärung.

Alle gehen zu einer Wiese zwischen den zwei
Brücken am Fluss.

Steffi muss sich erst daran gewöhnen, dass es
keinen Tisch gibt. Aber gemütlich ist es schon, auf
einer Wiese zu essen. Das alles gibt es:

Salat mit
Schafskäse
und
← Oliven

Hähnchen-
Kichererbsen-
Küchlein →

Petersilien-
Joghurt-
← Salat

Steffi ist der Gast. Sie darf sich von allem als Erste nehmen. Dann werden die Männer bedient, zuletzt kommen die Mädchen an die Reihe.

Nach dem Nachtisch, der klebrig ist und süß, dürfen Aischa und Fatima mit Steffi spazieren gehen.

»Aber nur auf der Wiese, wo man euch sehen kann«, ruft Jussuf ihnen nach.

Als sie so weit weg sind, dass Jussuf sie nicht mehr hört, sagt Steffi: »Dein Bruder spielt sich ganz schön auf! Das mit den Männern und Frauen bei euch finde ich sowieso doof …«

Aischa guckt erstaunt. »Was ist doof?«, fragt sie.

»Bei euch kriegen die Männer immer zuerst«, erklärt Steffi.

»Na und?«, fragt Aischa.

»Und das lassen sich die Frauen gefallen?«, fragt Steffi.

Aischa zuckt nur mit den Schultern. »Ist eben so«, sagt sie.

»Das ist ungerecht«, sagt Steffi. »Bei uns werden immer zuerst die Frauen bedient.«

»Aha. Und das ist gerecht, ich verstehe«, sagt Aischa und lacht. »Und das lassen sich die Männer gefallen?«

Da muss auch Steffi kichern. »Na ja, jedenfalls ist es so herum besser«, sagt sie.

Danach spielt sie mit Aischa und Fatima bis zum frühen Abend »Ponyfarm«. Mal sind sie Farmersmann und Farmersfrau, und Fatima ist das Kind, mal sind sie die Ponys, und Fatima ist das Fohlen.

Immer häufiger spielt Steffi jetzt auch an den Nachmittagen mit Aischa. Wenn Lisa fragt: »Gehst du
heute wieder mit mir schwimmen?«, antwortet
Steffi: »Nein, ich bin verabredet.« Wenn Chris mit
Steffi Federball spielen will, sagt die: »Heute bin
ich schon bei Aischa. Kommst du mit?«

Aber Chris hat selten Lust mitzukommen.

Nur mit Carla geht Steffi immer noch zur Flöten-
stunde.

Neuerdings macht Steffi sogar ihre Hausaufgaben
zusammen mit Aischa und Leila am großen Tisch
und hilft den beiden bei der Rechtschrei-
bung. Fatima sitzt daneben
und guckt zu.

Steffis Mama fragt: »Warum
machst du die Aufgaben nicht hier bei uns?
Du kannst deine Freundin Aischa doch mitbringen.

Wozu haben wir dir einen so schönen Schreibtisch gekauft?«

»Erstens ist's dort gemütlicher, weil wir so viele sind«, sagt Steffi. »Und weil Aischas Mutter uns immer was Süßes hinstellt …«

»Ach, deswegen sind deine Hefte neuerdings so klebrig!«, sagt Mama. »Und zweitens?«

»Und zweitens darf Aischa nachmittags nicht alleine weg.«

»Warum denn nicht?«

»Das ist bei denen so.«

Langsam geht der Sommer vorbei, es wird Herbst. Am 26. September hat Steffi Geburtstag.

Mama macht Pläne: »Wir müssen überlegen, wen wir zu deinem Fest einladen, damit wir keinen vergessen. Du warst bei Chris' Geburtstag, bei Sophia, bei Rico und bei Stephan. Carla und Lisa gehören dazu. Und natürlich Marie-Luise …«

»Marie-Luise? Muss die wirklich dabei sein?«, fragt Steffi.

»Unbedingt. Sonst sind ihre Eltern auf uns sauer. Du weißt doch: Marie-Luises Vater ist Papas Chef«, sagt Mama. »Haben wir jemand vergessen?«

»Ja, Aischa.«

»Ach, natürlich«, sagt Mama. »Dann sag allen gleich am Montag in der Schule, dass sie am Freitag bei dir eingeladen sind.«

Am Montag fehlt Aischa in der Schule. In der Pause erzählt Steffi erst mal den Mädchen von ihrer Geburtstagsfeier.

Marie-Luise hat einen Vorschlag: »Wie würdet ihr es finden, wenn Steffi zu ihrer Geburtstagsparty nur Mädchen einlädt? Das wäre mal was Neues!«

»Das ist doch doof! Das sagst du ja nur, weil du gerade mit Rico verkracht bist«, sagt Steffi.

Aber die anderen sind von dem Vorschlag
begeistert. »Die Jungens bringen ja doch nur ihre
neuesten Computerspiele mit«, sagt Carla. »Und
dann spielen sie den ganzen Nachmittag mit dem
Gameboy.«

So lädt Steffi wirklich nur die Mädchen ein.

Nach der Schule geht Steffi bei Aischa vorbei.
Ob sie vielleicht krank ist? Als sie das Haus sieht,
erschrickt sie.

»Was ist denn hier passiert?«, ruft sie. Aischa
sitzt neben ihrer kleinen Schwester auf dem Bett,
hat ihr den Arm um die Schultern gelegt. Fatimas
Hand ist verbunden.

»Was ist denn los?«, fragt Steffi noch einmal.
»Heute Nacht sie haben alle Fenster eingeworfen
mit großen Steinen«, sagt Aischa. »Alles war voll
Glas. Ein Glas hat Fatima in die Hand geschnitten.
Es war schlimm. Wir haben solche Angst.«

»So was Gemeines!« Steffi ist fassungslos.
»So eine gemeine Gemeinheit! Wer macht denn
nur so was? Warum?«

»Warum mögt ihr uns nicht?«, fragt Aischa.
»Haben wir euch was getan?«

»Aber das stimmt doch nicht. Das sind nur ein
paar Spinner, die so was tun«, sagt Steffi.

»Und warum hat uns dann keiner geholfen?«,
fragt Aischa. »Viele haben es gesehen. Mein Papa
sagt: Er muss jetzt hier mehr Angst haben um uns
als in Syrien. Jetzt ist hier Krieg.«

»Jetzt übertreibst du aber!«, sagte Steffi. »Jetzt
übertreibst du aber wirklich!«

Auf dem Heimweg fällt Steffi ein, dass sie vor
Schreck vergessen hat, Aischa zum Geburtstag ein-
zuladen. So rennt sie noch mal zurück und ruft es
ihr hoch.

Als Steffi am Freitag aus der Schule kommt, haben Mama und Papa den Garten für das Fest geschmückt. Nach und nach treffen alle Gäste ein und setzen sich an den Kuchentisch. Nur Aischa fehlt noch.

»Können wir anfangen oder sollen wir auf Aischa warten?«, fragt Mama.

»Anfangen«, will Steffi gerade sagen, da antwortet Marie-Luise, obwohl sie gar nicht gefragt wurde: »Lieber anfangen. Die kommt nie pünktlich. Das ist bei denen so.«

Deshalb sagt Steffi trotzig: »Nein, wir warten!«

Alle warten. Endlich kommt Aischa. Aber sie ist nicht allein.

Lisa sagt: »Sie hat ja einen großen Jungen dabei.
Du weißt doch, was wir ausgemacht haben, Steffi.
Nur Mädchen!«

Steffi geht Aischa und Jussuf bis zum Gartentor
entgegen und sagt: »Du bist eingeladen, Aischa.
Aber Jussuf nicht.«

Aischa und Jussuf starren sie fassungslos an.
»Jussuf nicht?«, fragt Aischa. Sie dreht sich um:
»Komm, Jussuf!«

»Dann geh doch!«, ruft Steffi. »Geh nur, wenn
du so zickig bist!«

Aischa fasst ihren Bruder am Arm und geht mit
ihm weg, ohne sich ein einziges Mal nach Steffi
umzudrehn.

Am nächsten Morgen geht Steffi allein zur Schule.
In der Pause guckt sie verstohlen zu Aischa hinüber.

Sie wartet darauf, dass Aischa zu ihr kommt und
sagt, dass es ihr Leid tut.

Aischa schaut auch zu Steffi. Denkt sie vielleicht,
dass Steffi sich entschuldigt? Wo Aischa ihr doch
den ganzen Geburtstag verdorben hat! Nein!

Nach der Schule geht Steffi auf der linken Stra-
ßenseite, Aischa auf der rechten. Sie reden kein
Wort miteinander.

»Du sitzt den ganzen Tag zu Hause und bist
schlecht gelaunt!«, sagt Mama ein paar Tage später.
»Was ist denn los mit dir?«

»Nichts. Gar nichts«, antwortet Steffi. Aber das stimmt natürlich nicht. Sie kann es kaum noch aushalten, dass ihre Freundin nicht mehr mit ihr redet. ›Wenn Aischa nur ein einziges Wörtchen sagen würde, würde ich mich sofort wieder vertragen‹, denkt Steffi. Doch das tut Aischa nicht. Sie wartet darauf, dass Steffi anfängt zu reden.

An den Nachmittagen spielt Steffi wieder mit Chris Federball. Aber es macht keinen Spaß. Sie schaut mit Stephan »Ponyfarm« im Fernsehen an. Aber es ist langweilig. Wenn sie und Aischa nur wieder miteinander reden und spielen würden!

›Morgen werd ich sie ansprechen‹, denkt Steffi. Aber am nächsten Tag ist sie doch wieder zu stolz und guckt an Aischa vorbei, als wäre sie Luft.

So geht das drei Wochen lang.

Dann geschieht etwas Unerwartetes.

Aischa spricht Steffi nach der Schule an: »Ich will noch einmal mit dir reden.«

Steffi ist überglücklich. »Das wollte ich auch, die ganze Zeit schon«, sagt sie und macht gleich Vor-

schläge, was sie alles zusammen tun werden. Jetzt,
wo sie versöhnt sind. »Zuerst gehen wir zusammen
heim. Und gleich heute Nachmittag, nach dem
Essen …«

Aischa schüttelt den Kopf. »Ich will doch verabschieden«, sagt sie. »Weil du meine beste Freundin
warst. Wir müssen umziehen.«

»Umziehen? Wohin denn?«, ruft Steffi.

»Nach einer Stadt, die heißt Bielefeld«, sagt
Aischa.

»Und warum müsst ihr umziehen? Wer bestimmt
das?«, fragt Steffi.

»Das Amt. Wir haben noch kein Asyl. Wir können
nicht entscheiden«, sagt Aischa.

»Ich hab eine Wut!«, schreit Steffi und tritt gegen
einen Stein. »Wut auf das doofe Amt und auf unse-
ren doofen Streit. Wir hätten die ganze Zeit miteinander spielen können.«

»Warum hast du mich weggeschickt an deinem Geburtstag?«, fragt Aischa.

»Dich doch nicht! Nur Jussuf. Wir hatten ausgemacht, dass nur Mädchen kommen dürfen.«

»Hab ich nicht gewusst. Bei uns dürfen Mädchen nicht allein ausgehen. Muss immer Mutter oder Bruder dabei sein. Immer! Bruder von einem Gast wegschicken ist die größte Beleidigung, die es gibt«, sagt Aischa.

»Das hab ich nicht gewusst«, sagt Steffi. »Könnt ihr wirklich nicht hier wohnen bleiben?«

Aischa schüttelt den Kopf.

»Komm!«, sagt Steffi. »Jetzt spiel ich nur noch mit dir. Jeden Nachmittag.«

Bald ist der Tag da, an dem sich Aischa verabschieden muss. Sie weint.

»Rufst du mich an?«, fragt Steffi.

»Ich frage Papa, ob ich sein Handy nehmen darf!«, sagt Aischa.

Sie umarmen sich. Dann rennt Aischa weg.

»Aischa, du bist wirklich meine beste Freundin!«, ruft Steffi ihr nach. Jetzt kommen auch ihr die Tränen.

Aischa ist mit ihrer Familie abgereist.

Selbst Frau Wegemann, der Lehrerin, fällt auf,
dass Steffi trauert. »Was ist mit dir los?«, fragt sie.
»Man sieht dich gar nicht mehr lachen!« Steffi
zuckt mit den Achseln und antwortet nicht.

Rico fragt: »Gehst du jetzt wieder mit mir und
Marie-Luise nach Hause?«

Steffi wiegt den Kopf. »Vielleicht«, sagt sie.
»Mal sehen!«

Endlich kommt ein Anruf von Aischa.
Das Haus, in dem sie jetzt mit anderen wohnen,
ist viel größer als das alte, erzählt sie. Trotzdem gibt
es nur eine Küche für alle. Man muss sich abspre-
chen, wer wann kochen darf. Es ist alles nicht so
schön wie vorher.
Zum Schluss sagt sie: »Ich denke viel an dich.
Ich vergesse dich nie, nie! Ich bleibe immer deine
Freundin. Bleibst du auch immer meine Freundin?«
»Natürlich!«, sagt Steffi. »Denkst du vielleicht,
ich vergesse dich?«
»Schön!«, sagte Aischa. »Ich rufe wieder an,
wenn ich Papas Handy nehmen darf. Vielleicht
bekommen wir ja Asyl. Dann besuche ich dich!«
»Darauf freue ich mich schon«, sagt Steffi.

An einem Montagmorgen – es ist inzwischen
Winter – kommt die Lehrerin mit einem fremden
Mädchen ins Klassenzimmer.

Frau Wegemann sagt: »Das ist Naima. Sie geht
ab heute in unsere Klasse. Wo könnte sie denn
sitzen?«

Die meisten aus der Klasse weichen ihrem Blick
aus, gucken nach unten auf die Tischplatte, blättern
im Heft oder spielen mit einem Bleistift. Naima
steht verlegen neben der Lehrerin. Ein bisschen steif
und mit gesenktem Kopf. So wie Aischa damals
auch vorne stand, als Frau Wegemann mit ihr in die
Klasse kam. Steffi meldet sich.

»Ja, Steffi? Was gibt's?«, fragt die Lehrerin.

Steffi sagt: »Sie kann bei mir sitzen.«

Naima hebt den Kopf und schaut Steffi an. Sie spricht noch nicht gut Deutsch und weiß nicht, ob sie richtig verstanden hat.

Steffi nickt ihr zu. Sie deutet auf den leeren Stuhl und sagt:

»Neben mir ist noch Platz!«

Nachwort des Autors

In der Erstfassung des Buches aus dem Jahr 1988 orientierte ich mich am Schicksal einer mir gut bekannten Flüchtlingsfamilie aus dem Libanon, die nach dem Ende des Bürgerkriegs wieder nach Beirut zurückzog. Es war fast ein Tatsachenbericht.

Kritiker warfen mir vor, der Text vermittle die Botschaft:»Man muss nur die Flüchtlingsunterkünfte anzünden, dann gehen die wieder in ihre Heimat zurück!« Dieses Missverständnis hat mich schockiert.

In jüngster Zeit hat das Thema Flüchtlinge und die Frage, wie wir diese in unserem Land integrieren, eine neue Dimension erlangt. Deswegen freue ich mich, dass man mir hier die Möglichkeit gibt, die Geschichte abzuändern und die heutigen Flüchtlingsströme zu berücksichtigen. Jetzt flieht Aischa nicht mehr aus Beirut, sondern aus Syrien. Und sie geht am Ende nicht in ihr Land zurück, sondern bleibt bei uns, in Deutschland.

Paul Maar, Dezember 2015

Sachbilderbücher atlantis thema
gute Geschichten, vielschichtige Informationen

Katharina Tanner / Lihie Jacob
ZiegenHundeKrähenMama
… oder: Was ist mit Mama los?
Mit Begleitmaterialien im Internet:
Wenn ein Elternteil psychisch erkrankt
32 Seiten
€ [D] 14,95 | € [A] 15,40 | CHF 24.90
978-3-7152-0707-0

Kleiner Paul und Laute Lotte versuchen, in Kontakt mit
ihrer kranken Mutter zu bleiben und eine gemeinsame
Sprache zu finden: ein Buch über eine psychisch
belastete Mutter, aus der Perspektive der Kinder erzählt.

Jan De Kinder
Tomatenrot
oder Mobben macht traurig
Mit Begleitmaterialien im Internet
40 Seiten
€ [D] 14,95 | € [A] 15,40 | CHF 24.90
978-3-7152-0679-0

Über Ausgrenzung und wie sich Kinder dagegen
wehren können: Die Geschichte gibt Kindern
den Raum, die Ereignisse zu deuten, darüber zu
reden und von eigenen Erlebnissen zu erzählen.

Lorenz Pauli / Claudia de Weck
Geld zu verkaufen!
Mit Begleitmaterialien im Internet:
Geld und Konsum
32 Seiten
€ [D] 14,95 | € [A] 15,40 | CHF 24.90
978-3-7152-0727-8

Abenteuer sind nicht teuer. Doch ohne Geld geht es
auch bei Alma und Milan nicht.
Die beiden handeln, sparen, denken über Lohn und
Gerechtigkeit nach – und merken, dass man mit Geld
nicht alles kaufen kann.